IMMERSION TOTALE

YAO ANDY ALLAN ETRANNY

IMMERSION TOTALE

ISBN : 978-2-9594782-0-8

DÉDICACE

À mon cher père, Yao Norbert Etranny,

Dans ta lumineuse présence, j'ai trouvé bien plus qu'un père, mais un guide éclairant le chemin de ma vie. Ta grandeur d'âme et ta sagesse ont façonné mon être et ont allumé en moi la flamme de l'écriture. C'est sous ta tutelle bienveillante que j'ai appris les premières lettres, tracé mes premiers mots, et rêvé mes premières histoires.

Tu incarnes l'excellence même, un modèle d'intégrité et de persévérance. À chaque page que je tourne, je m'efforce de marcher sur tes pas avec humilité et détermination, héritier de l'inestimable trésor que tu as si généreusement partagé. Ton influence transcende les mots eux-mêmes, et chaque phrase que je compose est un hommage à ton héritage indélébile.

Puissent les bénédictions célestes envelopper ton être, et que la grâce divine inonde ton cœur de bonheur et de sérénité. Tu restes, à jamais, mon modèle de vie et ma plus grande inspiration.

Avec un amour éternel et une gratitude infinie,
Allan.

TABLE DES MATIÈRES

REMERCIEMENTS

Au seuil de cette page, je souhaite exprimer ma profonde gratitude envers ceux qui ont été les piliers de mon parcours littéraire, m'accompagnant avec leur amour et leur soutien inébranlable. À ma famille, dont la présence solide et les encouragements constants ont été ma source de force et d'inspiration. À mes amis, qui ont été les échos fidèles de mes joies et de mes peines, et dont les mots d'encouragement ont résonné comme une mélodie apaisante dans les moments de doute.

À tous mes lecteurs, qu'ils soient en Afrique de l'Ouest, en Asie, en Amérique ou en Europe, je vous adresse mes plus sincères remerciements pour le précieux don de votre temps et de votre attention. Vos retours bienveillants ont été comme des rayons de lumière éclairant mon chemin, me guidant avec assurance dans la poursuite de mon rêve. Chacune de vos paroles a renforcé ma détermination à aller de l'avant et à donner le meilleur de moi-même dans cette belle aventure qu'est l'écriture.

Que la gratitude qui anime mon cœur trouve écho dans le vôtre, où que vous soyez dans le monde. Vos encouragements ont été pour moi une source d'énergie inépuisable, une force motrice qui m'a propulsé vers de nouveaux horizons. Puissiez-vous recevoir en retour le même amour et la même bienveillance que vous avez si généreusement répandus autour de vous.

1

IMMERSION TOTALE

1. L'AGE D'OR

.

"Une époque intéressante est toujours une
époque énigmatique, qui ne promet guère de
repos, de prospérité, de continuité, de sécurité."
Paul Valéry

Depuis sa tendre enfance, Lucien a toujours été dans les bonnes grâces du Tout-Puissant. Fils unique d'un haut fonctionnaire aux affaires depuis le temps du président Félix Houphouët-Boigny, il est, comme on le dirait, « né avec une cuillère en or dans la bouche ». Son destin semblait avoir été conçu par le meilleur architecte du monde, aucun détail n'a été laissé pour compte. Tout y était pour qu'il soit dans les conditions de vie les plus favorables que puisse nous offrir cette terre. Son père fut promu au rang de haut cadre d'une société d'état juste quelques années avant sa naissance; ce qui lui a garanti une vie tout à fait aisée dès ses premiers jours sur la terre des hommes. Il a entre autres reçu une éducation académique digne du statut de son père. Il est passé succinctement par la garderie et la maternelle avant de faire ses premiers pas à l'école primaire; là encore, non pas dans une école primaire ivoirienne, mais française. L'éducation qui lui a été donnée à la maison était

4

comparable à celle du fils d'un duc. Les gouvernantes ne manquaient pas dans leur domicile, à tel point qu'on ne pouvait pas mettre de nom sur le visage de chacune d'entre elles. Son entourage était trié, sélectionné et surveillé afin qu'il ne sympathise pas avec de mauvaises graines qui allaient entacher son si bel avenir.

Sa position de fils unique n'était pas seulement un atout, mais comprenait aussi certaines contraintes, telle que la pression énorme que lui mettait son père dès le bas âge. En effet, il est de ceux qui pensent que l'excellence doit se transmettre de génération en génération. Il voulait à tout prix que son fils soit une référence en Côte d'Ivoire, mais aussi dans toute l'Afrique et même dans le monde entier. Et pour cela, il savait qu'il devait lui en donner les armes dès son jeune âge.

À son accession au pouvoir dans les années 60, Félix Houphouët-Boigny, premier président de la République de Côte d'Ivoire, a basé les fondements du développement du pays sur l'agriculture, qui constituait une activité incontournable du secteur primaire ivoirien. C'est ainsi que le père de Lucien, de plus en plus proche du président, commença peu à peu à adopter sa vision du développement et décida de créer une entreprise agricole

Les activités phares de l'entreprise étaient l'exportation du café et du cacao, des cultures qui étaient déjà très prisées à cette époque.

Peu à peu, l'entreprise devenait de plus en plus populaire dans le secteur agricole et raflait des marchés tant nationaux que régionaux. Ce succès était certes réjouissant pour son fondateur, mais il savait très bien que le plus dur dans le milieu des affaires n'était pas seulement d'être prospère. Une chose est d'arriver au sommet, y rester en est une tout autre. Pour que son entreprise puisse toujours garder une place importante dans le secteur agricole ivoirien, le père de Lucien décida d'agrandir sa vision. Il prévoyait un plan d'action sur plus d'un demi-siècle tout en sachant pertinemment que même s'il était l'humain préféré de Dieu, il n'aurait pas pu vivre aussi longtemps pour pouvoir mettre en œuvre cette vision à long terme. Il devrait trouver une personne assez forte, tenace et qui épouserait sa vision, afin de pouvoir assurer la continuité de son plan. Il commença dès lors à observer minutieusement et passionnément les personnes qui étaient autour de lui. Il lui fallait trouver son successeur.

Sa posture de haut cadre d'une société d'état ne lui permettait plus d'assurer efficacement la direction de son entreprise. Il faisait déjà face à plusieurs pressions et il n'était pas concevable qu'une personne qui exerçait des responsabilités dans l'administration publique, pût aussi exercer dans le secteur privé. C'est ainsi que, pour être en parfaite harmonie avec les lois du pays, il démissionna officiellement de son ministère de tutelle. Il était enfin libéré de ses responsabilités publiques et pouvait tranquillement et sérieusement se concentrer sur la gestion de son entreprise, et se consacrer à la recherche de son successeur.

Quelques années après sa démission, complètement séduit par la vision de développement du président Houphouët-Boigny, il déposa ses valises au Parti Démocratique de Côte d'Ivoire-Rassemblement Démocratique Africain (PDCI-RDA), dirigé par ledit président. Son parfait militantisme le rapprochant de plus en plus des grandes instances du parti, il fut catapulté de simple adhérent à membre du bureau politique. Devenu dès lors un poids lourd du pouvoir en place, il commença à nouer des liens très intimes avec d'autres grands noms du régime. Il se mit à parler de sa succession à des personnes influentes qui tour à tour, lui proposaient des jeunes cadres pétris de talent et au grand avenir politique. Il savait qu'il avait besoin de quelqu'un qui allait aussi peser sur l'échiquier politique ivoirien, afin de pouvoir conserver la place de leader qu'occupe son entreprise.

Invité un dimanche à la propriété privée du président de la République sise à Yamoussoukro, capitale politique du pays, le père de Lucien qui appelait affectueusement le président « le vieux », décida de lui faire part de son inquiétude. « Le vieux » lui donna alors de précieux conseils qui lui ouvrirent les yeux. Il lui enseigna que la réussite de sa succession passe par la confiance aveugle qu'il vouera à son successeur. L'invité lui demanda comment cela pouvait-il être possible dans un milieu où tout n'est qu'intérêt. Le président lui dit alors qu'il devrait fabriquer son successeur de toute pièce, du début à la fin, de sa façon de penser à sa façon d'agir. C'est à ce moment précis qu'il fut illuminé et se rendit compte qu'il avait son successeur sur le bout du nez depuis tout ce temps.

Il n'avait plus à se soucier, c'était décidé, Lucien allait lui succéder. Qui, mieux qu'un fils, pour pérenniser l'œuvre de son paternel?

Âgé d'à peine 19 ans, Lucien venait d'être désigné comme successeur légitime de son père à la tête de l'entreprise qu'il avait créée. Il devrait d'ores et déjà être prêt à défendre leur patronyme dans les années à venir. Mais pour cela, il fallait qu'il apprenne l'activité et qu'il lui voue un amour intarissable. Il devrait aussi suivre avec attention les faits et gestes de son père. Toutefois, condition ultime à tout cela, Lucien était contraint d'obtenir d'excellents résultats tout au long de son cursus scolaire.

Lucien devrait désormais allier études et préparation professionnelle. C'était un grand défi, mais il avait l'avantage d'avoir été très tôt responsabilisé par son père ; il détenait en lui ce qu'il fallait pour relever le défi. La bourgeoisie à outrance n'était plus à l'ordre du jour. Le paternel veut que son fils comprenne que la vie n'est pas seulement strass et paillettes. Il doit mériter sa place même si elle lui est déjà destinée. Le quotidien de Lucien avait drastiquement changé. Il était du lundi au vendredi à Abidjan et du vendredi soir au dimanche à Tiébissou, où était basée l'entreprise agricole de son père. Il y passait également tous ses congés, ainsi que la majeure partie de ses vacances d'été. Finis les petits déjeuners sur les Champs Élysées, il doit désormais composer avec ce que la région du Bélier avait de mieux à lui offrir.

La période d'adaptation n'a pas été facile pour Lucien. Il était fréquemment victime de moqueries de la part de ses camarades. Il était quasiment traité en paria. Mais au fil du temps, il comprit que les enjeux étaient bien plus importants et qu'il devait accepter et embrasser cette étape de sa vie s'il veut être digne de succéder à son père. Pour se fortifier, il avait toujours cette citation de Georg Wilhelm

Friedrich Hegel à l'esprit : « rien de grand ne s'est accompli dans le monde sans passion ». Plus le temps passait et plus Lucien devenait confortable avec sa nouvelle vie; il avait accueilli son destin les bras ouverts.

Le père voyait peu à peu l'évolution de son fils. Il était heureux de l'homme qu'il devenait et était maintenant en paix totale avec le fait d'avoir porté son choix sur son fils pour lui succéder. Lucien avait maintenant vingt-cinq ans et possédait les aptitudes d'un grand dirigeant. Son père se dit alors qu'il était prêt à passer à une autre étape de sa formation. C'est ainsi qu'il commença au fur et à mesure à présenter Lucien à son entourage politique et professionnel. Du haut de ses cent-soixante-quinze centimètres, Lucien commença à se faire un nom dans le milieu des affaires. Bien introduit par son père, il bénéficiait en plus de ses contacts, de sa bonne réputation d'homme intègre. Il fit ainsi la rencontre de plusieurs hauts cadres, ministres et d'autres personnalités très influentes.

L'entreprise agricole de son père était arrivée à son apogée. Son succès était fulgurant. Elle était parmi les entreprises les plus puissantes de la sous-région. Lucien et son père formaient un tandem tonitruant. Cependant, ce succès était comme à l'accoutumée, à double tranchant. Impuissants face à cette réussite, leurs concurrents se sont lancés dans une campagne de dénigrement sans précédent. Tous les moyens étaient bons pour porter atteinte à la crédibilité du père, car même si Lucien était bien ancré au sein de l'entreprise, son père n'en demeurait pas moins la figure principale. Il était accusé de tous les maux : évasion fiscale, détournement de fonds publics lorsqu'il était en fonction, blanchiment d'argent. Ils sont même allés jusqu'à attribuer le succès de l'entreprise à des pratiques obscures dont ils tenaient son fondateur pour responsable. Il était à lui seul, victime de grosses diffamations.

Cette campagne s'étant avérée inefficace, les complotistes décidèrent de procéder différemment. Voyant que Lucien devenait de plus en plus puissant, ils optèrent de le monter contre son père afin de détruire leur empire de l'intérieur. Dans le secret le plus absolu, un proche de la famille de Lucien fut mandaté pour lui faire un lavage de cerveau. L'envoyé commença progressivement à faire croire à Lucien qu'en vérité, son père ne le voulait pas comme successeur. Il lui dit qu'il s'agissait juste d'un plan savamment pensé, qui consistait à mettre Lucien devant les projecteurs et désigner au tout dernier moment, son réel successeur. Ayant une confiance aveugle en ce proche, Lucien ne pouvait pas se douter que tout ceci n'était qu'affabulation. Il commença à prendre du recul afin de pouvoir analyser tout ce qui lui avait été dit. Il se posa plusieurs questions. Si son père le voulait vraiment comme successeur, pourquoi n'avait-il pas encore, un poste de direction dans l'entreprise? Pourquoi n'était-il pas encore associé aux décisions vitales de l'entreprise? Tant de questions auxquelles seul son père était à même de répondre. Bien que l'envoyé des complotistes, lui eût dit de ne pas révéler le contenu de leurs discussions à qui que ce soit, Lucien ne put se retenir. Il était primordial pour lui d'être fixé sur sa place réelle au sein de l'entreprise, ne se doutant pas un seul instant qu'on lui avait menti et qu'il était manipulé. Il se rendit donc voir son père et lui fit part de tout ce qu'il savait, en lui exigeant des réponses claires et précises. Totalement éberlué, son père lui dit que tout ceci n'est que mensonge. Il lui expliqua qu'il n'avait pas encore de poste de décision parce qu'il était certes doté de certaines aptitudes, mais qu'il avait besoin de plus de temps et d'expérience avant de pouvoir être totalement dans la peau d'un dirigeant. Il lui fallait encore cultiver la patience et l'humilité. Cependant, son père le félicita de son geste. En effet, Lucien aurait bien pu prendre pour parole d'évangile ce qui lui avait été dit, mais il décida, en bon fils, de donner à son père une chance de pouvoir s'expliquer.

La complicité et le respect qui régnaient entre Lucien et son père, leur a permis d'éviter le piège de leurs ennemis. Cette énième tentative de déstabilisation avait lamentablement échoué. Pour se protéger d'éventuelles attaques, le fondateur de l'entreprise décida de faire un tri complet dans son entourage. Il garda seulement ses plus proches collaborateurs et les membres de sa petite famille autour de lui. Cette séparation était essentielle pour son bien-être et pour la survie de l'entreprise.

À trente ans, Lucien fit son entrée au conseil d'administration de l'entreprise. Son travail acharné, sa patience ainsi que tous les sacrifices consentis n'ont pas été fortuits. Son père et lui avaient vécu des situations tant heureuses que difficiles, sans que leur relation ne soit entachée.

Ils pouvaient compter l'un sur l'autre. Le géniteur s'approchait de la soixantaine. Il décida de se retirer petit à petit des activités de l'entreprise, tout en laissant beaucoup plus de place et d'autorité à son fils. Il restait certes dirigeant, mais ce n'était qu'à titre administratif. Le vrai patron, c'était Lucien. Le successeur allait dans un futur proche s'asseoir dans le fauteuil décisionnel de l'entreprise. Les moqueries passées de ses camarades n'étaient plus que des souvenirs. En parlant de ceux-ci, il en a même embauché certains. Ses bourreaux d'hier se retrouvaient contraints de lui faire allégeance chaque fois qu'ils le rencontraient. Mystères de la vie !

Quelques années plus tard, le fondateur décida de quitter son poste de président du conseil d'administration au profit de Lucien. Bien que n'étant plus président du conseil d'administration, il tenait à garder l'œil sur les affaires courantes. Cette stratégie, en plus d'être préventive, dissuadait tous les concurrents qui pouvaient être tentés par des actions dans le but de nuire à l'entreprise. En effet, il était craint dans le milieu. Il avait résisté à tant d'attaques et avait pu garder le cap. Sa présence auprès de Lucien était donc très intimidante.

La gestion de l'entreprise sous Lucien était un franc succès. Il avait la ténacité de son père et une compréhension des affaires beaucoup plus sophistiquée que ce dernier. Il a réussi, tout en suivant le plan d'action de son paternel, à ouvrir le marché du commerce mondial à l'entreprise. En ce temps-là, la politique du pays ne reposait que sur l'exportation, mais Lucien était un futuriste. Il savait qu'en se consacrant essentiellement à l'exportation des matières premières, le pays en général et son entreprise en particulier, seraient à la merci des partenaires internationaux. Le client étant roi, le vendeur serait à un moment ou à un autre obligé de se plier à ses exigences, même si celles-ci lui étaient préjudiciables. Pour ne pas dépendre du prix qui serait fixé par les acheteurs sur le marché international, Lucien décida, avec l'accord de son père, d'ouvrir des usines de transformation des matières premières avant de les exporter. Lucien avait parié sur l'exportation des produits finis. Les autres acteurs du domaine agricole en Côte d'Ivoire avaient du mal à croire en cette vision. Pour eux, Lucien avait les yeux plus gros que le ventre. Il se disait dans certains couloirs que cette vision était le fruit d'un petit bourgeois qui ne connaissait rien aux affaires et qui allait faire couler sous peu l'entreprise dont il a hérité de son père. Ce qu'ils ne savaient pas, c'est que le monde évoluait, les systèmes économiques étaient inéluctablement emmenés à changer. Pour pouvoir durer dans le temps, il fallait se réinventer ; et Lucien était sur le point de révolutionner le modèle économique de la sous-région.

La nouvelle stratégie de Lucien faisait un carton.

Certes les coûts de réalisation n'étaient pas négligeables, mais les résultats obtenus étaient largement au-dessus de l'entendement. Il réussit à transformer, dans sa chaine de production, les cultures telles que le café et le cacao en capsule, barre chocolatée, poudre de cacao, etc. La liste était longue. Et par-dessus tout, les profits réalisés étaient incroyablement élevés. Voyant le succès de cette nouvelle manière de procéder, le président de la République envisagea de généraliser l'expérience, et de la soutenir en allouant une subvention à l'entreprise.

Les concurrents n'étaient plus en mesure de rivaliser. Ils ont préféré s'inscrire dans le dénigrement pendant que Lucien mettait sa stratégie en place. L'entreprise agricole dirigée par Lucien était à des années lumières d'eux. Ils devaient être réalistes, Lucien venait de réaliser une maestria stratégique.

2. LA SUCCESSION MAUDITE

"Les bêtises d'une époque donnée sont pour la
science des époques suivantes aussi précieuses
que sa sagesse."
Stanislaw Jerzy Lec

Après l'accession à l'indépendance le 7 août 1960, sous l'égide du président Houphouët-Boigny, la Côte d'ivoire n'a cessé de croître économiquement. Le pays se portait à merveille. Pendant près de 20 ans, c'est-à-dire de 1960 à 1980, les Ivoiriens ont même vécu ce qui a été appelé « le miracle ivoirien ». Certains n'ont pas craint d'élever la prospérité de la terre ivoirienne en un paradis ! La croissance économique était phénoménale. Toutefois, ce miracle n'a pas été le fruit d'un pur hasard. Comme indiqué dans le chapitre précédent, l'économie ivoirienne était basée sur l'exportation de matières premières, avec à cette époque, des cours très élevés. Les caisses de l'état ne pouvaient que mieux se porter ! Comparée à la majorité des pays voisins, la Côte d'Ivoire était quasiment l'un des seuls où les investisseurs étrangers pouvaient espérer la garantie d'opérer en toute quiétude.

L'économie ivoirienne a commencé à

dégringoler à partir de 1980. Le miracle s'est transformé en mirage. Le pays est passé de l'apogée au déclin. La Côte d'Ivoire fait alors face à une grave crise financière.

Cette crise économique a duré à peu près une décennie mais les séquelles se font encore ressentir, plusieurs dizaines d'années après. Le bateau ivoire commençait à chavirer. L'économie était ralentie, le prix des matières premières avait chuté. Pour trouver une issue à cette situation, la Côte d'ivoire a conclu un certain nombre de programmes d'ajustement structurel avec les institutions de Bretton Woods. Cependant, la situation ne s'est pas améliorée. Le pays n'a pas pu faire face à la récession qui sévissait et est tombé dans une situation de précarité qui ne dit pas son nom. Et comme si cela ne suffisait pas, la santé du président de la République avait commencé à se dégrader. Il était de plus en plus affaibli et le pays vivait sous le dictat des institutions financières internationales. Dans l'ensemble du pays, on commençait à assister à plusieurs tensions sociales. Les populations avaient mille et une réclamations. Elles accusaient le président d'enrichissement illicite, de corruption, de dépenses excessives et pharamineuses. De plus, Les revendications politiques s'invitèrent sous la forme d'exigence à plus d'ouverture. Le multipartisme vit ainsi le jour avec pour principale illustration l'organisation des premières élections en 1990. Les tensions ne s'atténuèrent toujours pas pour autant.

Âgé de 88 ans, fébrile et souffrant d'un cancer qui le rongeait, le président Felix Houphouët-Boigny rendit l'âme le 7 décembre 1993.

Ce dont les Ivoiriens et ivoiriennes étaient loin de se douter, c'est que ce décès était l'élément qui allait pousser le pays tout droit dans le mur. Au lieu de se consacrer à la recherche de solutions pouvant mettre un terme à tous ses maux, les hommes politiques lancèrent plutôt la bataille pour la succession du « vieux ». Dans l'ordre logique des choses et suivant la constitution ivoirienne, le successeur au poste de président de la République n'était personne d'autre que le président de l'Assemblée nationale, en ce temps-là, monsieur Henri Konan Bédié. Mais, cette décision était contestée par certains. Tout ce qui s'est passé après la mort du président Houphouët est digne d'une tragédie. Même les plus grands marabouts n'auraient pas prédit cela. Tous les acquis se sont évaporés, le pays a quasiment reculé de cinquante années. Aux plans social, économique, politique, etc., tout est parti en fumé. Malgré les dissentions et désaccords sur la succession du président Houphouët-Boigny, la constitution finit par être appliquée et consacra Monsieur Henri Konan Bédié, deuxième président de la République de Côte d'ivoire.

1994. Le président Henry Konan Bédié est aux commandes du pays depuis quelques mois et les choses reprennent leur cours dans la vie des citoyens ivoiriens. Déjà proche des hauts cadres du parti au pouvoir depuis la gouvernance d'Houphouët-Boigny, Lucien, désormais à la tête de l'une des entreprises qui emploie le plus en Côte d'ivoire, devient une personnalité dont on ne peut négliger l'importance. C'est ce qui lui permet de se rapprocher du président en exercice et même de faire partie de son entourage restreint. Il gagne en puissance et commence à diversifier les activités de son entreprise. Il se lance donc dans l'élevage, la pêche, l'exploitation forestière…. Il décrocha des marchés de gré à gré grâce au puissant réseau qu'il s'est construit. L'élève avait dépassé le maître. Il avait surpassé la vision de son père, de quoi rendre ce dernier très fier de lui.

Lucien n'était maintenant plus de ceux qu'on appelle couramment « les jeunes », même si en Afrique, un individu peut être jeune jusqu'à ses cinquante-cinq ans, voire plus. Mais il avait déjà passé ce cap et avait accompli d'énormes réalisations au niveau professionnel. Toutefois, sa vie restait incomplète. Il lui fallait trouver l'amour, un être avec qui partager ses moments, bons comme mauvais.

Il se mit à faire la cour à toutes les femmes qu'il rencontrait, pensant trouver celle qui allait lui voler son cœur. Les prétendantes se comptaient par dizaines. Il était riche et prospère, de quoi faire le bonheur d'une bonne partie de la gent féminine. Mais aucune d'entre elles ne retenait son attention. Il lui fallait une femme qui allait l'aimer pour celui qu'il est, sa nature, ses défauts et pas pour le nombre de chiffres du solde de son compte en banque. C'était comme chercher une aiguille dans une botte de foin. À un moment donné, il a même songé à se mettre avec une femme, même si elle ne respectait pas ses critères, car il se disait que de toute façon elles seraient toutes pareilles : africaines, arabes, européennes ou même asiatiques, il était sûr qu'aucune ne pourrait vivre avec lui un amour désintéressé. C'est à ce moment-là qu'il s'est rappelé que son père lui disait ceci : « La femme peut être la source d'accomplissement et aussi d'échec d'un homme. Une bonne femme te permettra d'atteindre ton plein potentiel, tandis qu'une mauvaise, te mènera inévitablement à ta perte ». Il prit donc patience et décida de laisser le destin agir en sa faveur.

Quelques mois après s'être résigné à trouver coûte que coûte une prétendante, il fit la rencontre d'une très belle demoiselle. Elle s'appelait Edith. Ils se sont rencontrés pour la première fois à un colloque qui traitait de l'importance de la culture dans l'évolution des nations africaines. Elle était d'ethnie Bété et amoureuse des cultures africaines. Il était un personnage connu dans tout le pays mais Edith n'avait aucune idée de qui il était réellement. Lucien, sachant cela, continua d'entretenir un rapport amical avec elle sans souligner ces détails.

Ils s'entendaient bien, se voyaient de plus en plus fréquemment et commençaient à développer des sentiments l'un pour l'autre.

Après cinq mois de côtoiement, ils débutèrent une relation amoureuse et c'est à ce moment précis que Lucien se révéla totalement à elle. Elle en fut intriguée et se demanda bien pourquoi il lui avait caché ces informations, alors qu'elle s'était pleinement ouverte à lui. Il lui fit comprendre qu'il voulait être aimé comme il est, en tant qu'un être humain. Elle se tordit de rire et lui répondit de façon ironique : « N'aie pas peur mon grand ! Je ne vais pas te prendre ton argent ». Il comprit à ce moment qu'il avait certainement trouvé celle qu'il avait tant cherchée. Il avait désormais quelqu'un pour partager sa vie. Très vite, la relation fut officialisée. D'abord le mariage coutumier et ensuite le mariage civil. Le couple ne voulait pas manquer de temps, il en avait déjà trop perdu. Ils emménagèrent ensemble et commencèrent à bâtir peu à peu une vie de famille. Lucien l'aida dans ses activités qui avaient pour but de mettre en valeur les atouts culturels de l'Afrique, ce qui la comblait largement. Elle avait un homme qu'elle aimait, qui l'aimait et qui l'aidait. Peu de ses semblables réussissaient à réunir ce triple A avec un seul homme.

À partir de 1996, des bruits se faisaient entendre dans le pays, les esprits s'échauffaient et le président de la République essayait de gérer les quelques désaccords qui apparaissaient çà et là. La situation commença à se dégrader, lorsque le président en exercice procéda au limogeage du général Robert Gueï. Tout le monde était sur le qui-vive à partir de cet instant. Edith, sentant que la situation risquait de se détériorer et sachant son époux très proche du pouvoir en place, lui conseilla de réfléchir à un plan de secours si quelque chose venait à arriver. Elle ne voulait pas que, ce que lui et son père avaient bâti si durement finisse par tomber à l'eau à cause de leurs accointances politiques. Mais Lucien était catégorique, rien ne pouvait selon lui arriver et il ne voyait pas pourquoi il devrait songer à ce que le pire arrive.

Plus on évoluait dans le temps et plus les craintes d'Edith, comme ceux de plusieurs ivoiriens, commençaient à se matérialiser. Jusqu'au jour du 24 décembre 1999, où le cauchemar devint réalité. En effet, c'est à cette date qu'un coup d'état renversa le régime du président Henri Konan Bédié.

Le général Gueï prit les rênes du pays. C'est là que les bases fondamentales du pays partirent en fumée. La constitution fut piétinée. Cette faction des militaires avait montré aux yeux de tous qu'ils pouvaient se passer des résultats des urnes, marcher et cracher sur les lois lorsqu'ils le jugeaient nécessaire. La Côte d'ivoire, après le décès de son premier président, venait de vivre un évènement qui allait l'installer pour longtemps dans la crise et l'incertitude.

Le président putschiste, décida d'organiser le plus tôt possible des élections afin de rétablir la situation du pays. Il finit par les perdre au profit du président Laurent Gbagbo à la fin du mois d'octobre 2000.

Edith avait eu raison, comme quoi l'instinct d'une femme est rarement erroné. Lucien, en ne prêtant pas attention à ce que son épouse lui dit, venait de mettre sa propre famille dans une situation délicate ; car en effet, sa position vis-à-vis du pouvoir du président déchu va leur causer d'énormes pertes.

Dans cette même année 2000, le gouvernement qui était en place avant l'élection du mois d'octobre, retira la totalité des contrats que l'entreprise de Lucien avait avec l'État. Pour eux, il était fait de la même graine puisque proche du pouvoir. Une mauvaise nouvelle ne venant jamais seule, ses contrats à l'international et dans la sous-région furent interrompus en raison de l'instabilité politico-militaire qui régnait dans le pays. En moins d'un an, il est passé de magnat à paria. Tous ses efforts, ainsi que ceux de son père, étaient tombés à l'eau.

Même si toutes les activités de l'entreprise avaient cessé, Lucien avait toujours de quoi vivre. Il n'était pas du genre dépensier et extravaguant, ce qui lui a permis de faire des épargnes lorsque la société se portait à merveille. Heureusement pour lui, ses comptes personnels et ceux de son épouse n'ont pas été touchés. Il avait donc de quoi rebondir. Néanmoins, après avoir eu à vivre toutes ces épreuves difficiles, il décida de faire une pause. Se consacrer à son mariage était tout ce qui lui importait désormais.

Quelques mois après, une bonne nouvelle vint redonner le sourire à Lucien et son épouse. Cette dernière venait d'apprendre qu'elle était enceinte.

Lucien allait devenir papa. Ce sentiment de joie inexplicable, a réussi à lui redonner un nouveau souffle. Finis les regrets et excuses, il devait se battre pour être un exemple vivant pour l'enfant qu'ils allaient bientôt avoir. Lucien recommença tout de A à Z. Après avoir humblement et soigneusement consulté son épouse, il décida de prendre une bonne partie de ses économies pour faire renaître la compagnie que son père avait créée. C'était une décision extrêmement difficile, quand on sait qu'ils attendaient un enfant dans quelques mois. S'il perd tout de nouveau, il sera difficile, voire impossible, de se relever. Mais Lucien n'avait pas peur de cela. En bon homme d'affaires, il savait très bien qu'il faut prendre des risques, parfois démesurés, lorsqu'on veut réussir.

Son carnet d'adresses était devenu anorexique, tous ses grands partenaires d'affaires et amis l'avaient fui. Ses proches se comptaient désormais sur le bout des doigts. Toutefois, il n'est pas nécessaire d'avoir plusieurs ingrédients pour faire un bon repas. Ses quelques proches lui ont apporté toute l'aide dont il avait besoin pour rebâtir peu à peu son « empire ». Il a troqué ses costumes italiens pour des chemises pagnes et s'est remis sérieusement au travail. Il partait frapper à toutes les portes des personnes qui acceptaient encore de le recevoir, afin de décrocher des contrats. Cette période a été assez éprouvante pour lui, car les résultats n'étaient pas encourageants. Les choses traînaient. Il ne savait pas que le chemin vers le succès était aussi long et parsemé d'embûches. Il avait l'envie d'arrêter, parce qu'il était beaucoup trop découragé. Mais son épouse, avec ses huit mois de grossesse, ne manquait pas de toujours lui rappeler la raison pour laquelle il a décidé de reprendre le combat. Il devait continuer de se battre, pas pour lui, mais pour son fils. Il voulait que ce dernier ait toutes les chances possibles de son côté. L'amour, surtout filial, étant plus fort que tout, Lucien se reprit et redoubla encore d'efforts.

La grossesse devenait de moins en moins supportable pour Edith, ce qui constituait une situation de stress élevé pour son époux. Il devait la rassurer, l'assister, faire revivre son entreprise… Tout cela en même temps. Ce n'était guère aisé pour lui, mais il se devait d'être à la hauteur. Pour ce faire, il a jugé bon de se confier à Dieu. Même s'il ne se considérait pas comme le disciple le plus exemplaire du Seigneur, il se disait que seul lui pouvait lui donner la force nécessaire de supporter toutes ces épreuves. De toute façon, il n'avait pas l'embarras du choix. C'était soit y croire au maximum, soit se laisser porter par un océan de désespoir.

À force de persister, Les étoiles ont fini par s'aligner pour Lucien. Sa compagnie, ainsi que deux autres, avaient été retenues à la suite d'un appel d'offre. Il s'agissait d'un contrat gouvernemental qui s'élevait à des milliards de nos francs. C'était l'occasion inespérée que Lucien attendait, depuis qu'il avait recommencé à tout mettre en œuvre pour faire revivre sa société. S'il arrivait à décrocher un tel contrat, il serait capable de faire tourner la compagnie avec les bénéfices, et pourrait ainsi retirer son investissement financier personnel qu'il avait injecté, sans pour autant qu'elle ne soit affectée. Cependant, tout n'était pas encore joué. Il lui fallait trouver les arguments afin de convaincre le conseil qui était chargé d'octroyer le marché, et il avait en face deux mastodontes. Les deux autres compagnies, disposant de moyens importants, ont voulu tout simplement éviter la confrontation. C'était une perte de temps pour elles. Ayant l'habitude d'avoir des interlocuteurs corrompus jusqu'à la moelle, leurs dirigeants ont approché les membres du conseil en promettant à chacun d'eux un pourcentage des fonds qui seront alloués pour le contrat, s'ils venaient à prendre leur parti. Bien évidemment, certains membres ont accepté de se livrer à ce jeu. Lucien, ayant eu vent de ces tractations, décida d'en avertir la presse. Le lendemain, preuve à l'appui, tous les journaux nationaux ont mis à nu cette manigance. Totalement coupables et ne pouvant nier les faits, les dirigeants des deux sociétés ainsi que les membres du conseil qui avaient accepté de se faire soudoyer, ont dû reconnaitre leurs erreurs. Ces derniers, n'ayant plus la confiance des autorités de tutelles ont été sommés de démissionner. Les deux compagnies ayant été disqualifiées, c'est bel et bien l'entreprise de Lucien qui finit par décrocher ce contrat. C'était exceptionnel. Lucien avait été récompensé de tous ses efforts. Il a pu, en restant honnête, obtenir ce que l'argent n'a pas pu procurer aux dirigeants de ces deux autres entreprises.

On était dans le mois de septembre 2002 et Edith devait normalement accoucher. Ils savaient le mois mais pas le jour, ce qui était assez stressant pour Lucien. En effet, le bébé pouvait arriver à n'importe quel moment. Pendant la nuit, en plein midi ou même au coucher du soleil. Il fallait être prêt à toute éventualité. Lucien ne voulait rater cette naissance pour rien au monde. Il voulait être là, aux côtés de sa femme lorsqu'elle allait mettre au monde le fruit de leur union. Cependant, le nouveau contrat qu'il avait décroché, l'empêchait d'être présent. En effet, il devait et voulait veiller au grain. Étant donné le tapage médiatique qu'il y avait eu autour de cet appel d'offre, son entreprise se devait d'être irréprochable. Il était de ce fait difficile pour lui de s'absenter du travail.

Dans la nuit du 17 au 18 septembre, alors qu'elle et son époux étaient sur le point de se mettre au lit, Edith commença à avoir des douleurs. Elle avait quelques gênes depuis la journée, mais n'y porta pas grande attention. Inquiété et apeuré, Lucien décida de ne prendre aucun risque et se dirigea avec Edith à l'hôpital. Arrivé sur les lieux, les sages femmes prirent automatiquement Edith en charge. Le travail avait déjà commencé, on devait la préparer car elle allait d'un moment à l'autre donner naissance. Lucien n'en revenait pas. Il était sur le point de devenir papa. Il se voyait déjà donner le biberon, changer les couches et donner à manger à son petit garçon. Après quelques heures à attendre, il put enfin se rendre aux côtés de sa femme afin de l'assister pendant cette dernière étape. Il était très stressé, mais ne voulait pas que cela se lise sur son visage. Le stress lui donnait même des maux de ventre incontrôlables. Finalement, en revenant de la énième fois des toilettes, il entendit des pleurs. Il s'empressa et découvrit en ouvrant la porte, des sages femmes souriantes ainsi que son épouse tout heureuse tenant sur sa poitrine leur nouveau-né. C'était chose faite, ils étaient désormais parents.

Parce qu'elle n'avait pas eu à faire de césarienne, Edith fut libérée aussitôt, dans la journée du 18

Septembre. Lors de la première nuit de leur nouveau-né sur terre, quelque chose vint alors troubler leur quiétude, ainsi que celle de nombreuses autres personnes. Dans la nuit du mercredi 18 au jeudi 19 septembre 2002, une rébellion éclata simultanément dans trois villes de la Côte d'Ivoire, à savoir Abidjan au sud, Bouaké au centre et Korhogo au nord du pays. Pendant cet acte macabre, des atrocités sont commises. Braquages, vandalismes et assassinats étaient de la partie. Finalement, les rebelles échouèrent à prendre la ville d'Abidjan, mais réussirent à s'emparer des deux autres. C'est le début d'un calvaire interminable pour les habitants de ce beau pays.

Lucien et sa femme étaient tout simplement déçus. Déçus de leur patrie, mais aussi déçus d'eux-mêmes. Il se tenaient pour responsables d'avoir offert une première nuit des plus catastrophiques à leur enfant. Venir au monde et être témoin d'une rébellion en moins de vingt-quatre heures, c'était tout aussi décevant que phénoménal. « Comment ce merveilleux pays en est-il arrivé là ? » se demandaient encore et encore ces nouveaux parents. La Côte d'Ivoire, terre d'espérance et d'hospitalité, devenait peu à peu un territoire fracturé. Oui, fracturé car après l'épisode du 19 septembre 2002, le pays a été divisé en deux parties. On avait d'un côté la moitié nord du pays qui était occupée et contrôlée par les forces nouvelles, tandis que la moitié sud était tenue par les force régulières du pays. Le chaos était en chantier et les dernières finitions n'allaient pas se faire attendre bien longtemps.

Lucien et sa femme, mais aussi la majeure partie des habitants de la Côte d'Ivoire, étaient confrontés à une situation difficile. Deux choix se présentaient à eux. Quitter définitivement le pays avec toute la famille afin d'échapper à ce qui semblait se transformer en crise socio-politique majeure, où faire le pari de croire en une stabilisation de la situation et un retour au statu quo ante. Lucien, qui avait réussi à remettre sur pied l'entreprise familiale, qui devenait de plus en plus présente sur l'échiquier national, ne voulait pas tout plaquer et encore devoir repartir de zéro. En plus, il pensait les autorités dirigeantes, les belligérants ainsi que les citoyens, capables de se pardonner mutuellement et de permettre ainsi d'oublier ces jours sombres. En outre, il désirait ardemment que son fils puisse vivre sur la terre de ses ancêtres pour ainsi jouir des efforts consentis par les pères fondateurs de sa nation. Fuir de cette façon allait contre le patriotisme de Lucien. Quant à elle, Edith ne voulait pas jouer à la roulette russe avec son avenir, ainsi que celui de son fils. Le risque était bien trop grand. Elle voyait partout, des prémices d'une situation qui allait, tôt ou tard, devenir incontrôlable. Elle voulait le meilleur pour elle et ses proches, même si cela exigeait de tout claquer et refaire sa vie dans un pays où elle ne s'était jamais rendue. L'essentiel, c'était la sécurité et la tranquillité d'esprit. L'argent et l'amour pour la patrie pouvaient attendre.

Chaque argument était valable. C'était très difficile de faire un choix aussi important lorsque les avis étaient à ce point contraires. Cependant, Lucien réussit à faire pencher la balance de son côté. Après des semaines d'intenses discussions avec sa femme, il réussit à la convaincre de rester dans leur pays pour y vivre. Il savait que cette décision pouvait leur risquer la vie, mais croyait fermement en des jours meilleurs pour sa patrie, la Côte d'Ivoire.

Après les échauffourées de septembre 2002, alors que l'on croyait la situation apaisée avec le cessez-le-feu décrété en octobre, on assista à sa dégradation à partir de début décembre 2002, lorsque d'autres mouvements rebelles firent irruptions dans l'Ouest du pays. Il s'agit du

Mouvement pour la Justice et la Paix (MJP) ainsi que du Mouvement Populaire Ivoirien du Grand Ouest (MPIGO). Le pays était sens dessus dessous. Le rétablissement de la situation tant voulu par Lucien et par bon nombre de citoyens, devenait peu à peu utopique. On fonçait droit dans le mur. Les rebelles étaient de plus en plus armés et l'on ne savait d'où provenaient de telles quantités de munitions et d'armes lourdes. Ils étaient présents en grand nombre sur le territoire national. Le pouvoir en place se voyait fragilisé. Aussi surprenant que cela puisse paraître, les rebelles réussirent à trouver des arguments pour mettre de leur côté une partie de la population. Il fallait faire vite, le pays était sur le point de partir en fumé.

Pour essayer de remédier à cette situation, les dirigeants français invitèrent toutes les parties prenantes du conflit à Linas-Marcoussis, afin de trouver des solutions de sortie de crise. C'est ainsi que les accords dits de Linas-Marcoussis sont signés en janvier 2003. Cependant, ces accords n'ont pas réussi à calmer les choses. Dès le mois de février 2003, des manifestations ont lieu dans la capitale économique du pays. Le pouvoir en place se dit avoir été forcé de signer les accords.

Edith ne fait que regretter d'avoir accepté la proposition de Lucien de rester vivre en Côte d'Ivoire. Lui, de son côté, continue toujours d'y croire. Il est bien vrai que le climat était tendu dans le pays, mais il ne fallait pas pour autant rester les bras croisés à ne rien faire. Il fallait ramener du pain sur la table. Heureusement pour Lucien, son entreprise était toujours fonctionnelle, la rébellion n'avait pas freiné ses activités. Pendant qu'il veillait minutieusement à la croissance desdites activités, il fût courtisé par plusieurs partis politiques, qu'ils soient de l'opposition ou affiliés au régime en place. Car on ne peut le nier, succès politique rime très souvent avec succès économique. Les partis, pour pouvoir bien huiler leur machine, ont besoin non seulement de partisans issus des classes pauvre et moyenne, mais surtout de riches membres adhérents. Ces barons, qui disposent de moyens financiers conséquents, peuvent par leur puissance économique contribuer au développement du parti. À la tête d'une entreprise aussi puissante que prospère, Lucien pouvait donc impacter fortement s'il venait à adhérer à un parti politique. Mais après la malencontreuse situation vécue lors du coup d'état de 1999, où son entreprise a été mise à l'arrêt du fait de ses relations proches avec le parti au pouvoir, Lucien ne voulait plus entendre parler de politique. Et même s'il venait à penser une seule seconde à envisager un rapprochement politique, son épouse aurait tout mis en œuvre pour l'en empêcher. De plus, maintenant qu'il avait un enfant, et après avoir pris le choix risqué de rester vivre en Côte d'Ivoire, il se devait d'être discret. C'était l'une des exigences d'Edith.

Les années passaient et la situation du pays empirait. On assistait ici et là à des massacres, manifestations et bombardements. Les accords s'enchaînaient. Outre celui de Linas-Marcoussis, on a assisté aux accords d'Accra I, d'Accra II, d'Accra III, de Pretoria I, de Pretoria II et finalement, à ceux de Ouagadougou en 2007. Arrivé aux accords de Ouagadougou, on pensait la page de la guerre tournée. En effet, on assista à la disparition de la zone tampon et au retrait progressif des troupes d'unités étrangères. Pendant ce temps-là, Lucien et sa petite famille se portaient à merveille. En bonus, ils avaient eu en 2006 une petite fille. La famille s'agrandissait dans un esprit d'amour et de bonheur. Même si le fait de rester vivre en Côte d'Ivoire ne semblait pas être la solution idéale, ils avaient réussi à se créer leur paradis.

Arriva l'année 2010, année électorale. L'élection

présidentielle qui devait normalement se tenir en 2005 va finalement avoir lieu dans le mois d'octobre 2010. Tous les regards sont tournés vers la Côte d'ivoire. Plusieurs organisations internationales d'observation sont présentes sur le territoire. L'élection est minutieusement surveillée. Dès le début de l'année, Edith, encore frileuse de tout ce qui concerne la politique dans son pays, proposa à Lucien de quitter le pays quelques mois avant la tenue des élections, et d'y revenir lorsque tout serait terminé. C'était une simple mesure de sécurité. Simple mais importante. En effet, avec maintenant deux enfants, ils se devaient de réfléchir plus d'une fois. Les dernières années avaient été très mouvementées et ces élections ne présageaient rien de bon. Dans un premier temps, Lucien accepta la proposition de sa femme. Il commença à mettre tout en œuvre afin que sa compagnie puisse exécuter les différents contrats en cours même en son absence. Il savait qu'il pouvait être absent pendant longtemps, et ne voulait pas que ceci constitue un handicap au bon fonctionnement de son entreprise. Ils optèrent pour la France, plus principalement pour la ville de Lille. Car, ils avaient prévu, quelle que soit l'issue des élections, d'y envoyer leurs enfants y étudier. Ils se sont alors dit que c'était l'occasion idéale d'y faire un premier tour, afin que les enfants s'y habituent déjà. Mais, à un mois de leur départ pour la France, Lucien décida de tout annuler. Son entreprise venait de décrocher un autre contrat important qui nécessitait qu'il soit présent sur le territoire pendant une période d'au moins six mois. C'était un coup dur. Il était heureux et en même temps peiné. Edith était très en colère. Pour elle, Lucien avait fait passer l'argent avant la sécurité des siens. Elle ne pouvait pas lui pardonner cela. Cette situation créa un froid dans leur couple. Lucien faisait tout pour se faire pardonner, mais en vain. Edith ne voulait pas de ses excuses. En fait, sa préoccupation se situait à un autre niveau. Car, maintenant qu'il était clair qu'ils allaient être présents lors de l'élection, elle s'inquiétait plus pour son déroulement. Elle n'en voulait pas fondamentalement à Lucien, mais à ceux qui avaient rendu ce merveilleux pays aussi instable.

Nous étions au dimanche 31 octobre 2010. Les Ivoiriens étaient appelés à voter pour élire leur nouveau président. Le premier tour n'ayant pas permis de départager les candidats, un deuxième tour est organisé. Deux candidats sont dans la course finale. Des alliances se créent ici et là, appelant à voter tel ou tel candidat. À l'issue de ce deuxième tour, les avis sont mitigés. Les deux candidats se déclarent vainqueurs. Certains organes proclament un candidat vainqueur, et d'autres le second candidat. Des semaines plus tard, les deux candidats prêtent serment. La Côte d'Ivoire a, si on peut le dire ainsi, deux présidents

! Un scénario jamais observé auparavant, digne d'une comédie musicale. Les partisans de chaque camp contestaient la légitimité de l'autre ; pendant ce temps, le pays s'embrasait.

Tout ce qu'Edith redoutait finit par arriver. Encore une fois, elle avait eu tort d'avoir trop vite eu raison. Les combats s'enchaînaient dans tout le pays. Partisans et non-partisans étaient massacrés sans distinction. C'était un champ de ruine; on était en pleine guerre post-électorale. Lucien, pas très chanceux, voit encore ses efforts tombés à l'eau. En plus d'avoir été victimes, sa famille et lui, de plusieurs braquages à leur domicile, Lucien a vu les infrastructures de son entreprise bombardées à l'arme lourde. Tout son travail a été réduit en poussière. Il commença dès ce moment, à regretter de ne pas avoir tout plaqué pour vivre avec sa famille dans un autre pays. Edith, de son côté, était toute remplie de chagrin. Voir ses enfants traumatisés, son mari abattu moralement et son pays en feu, lui fit perdre tout espoir.

Une nuit, alors qu'on entendait que les bombardements, un drame arriva. En effet, le bruit des balles étaient si fort, qu'il fallait boucher les oreilles des enfants afin qu'ils puissent dormir. Une fois les enfants endormis ce jour-là dans leur chambre, Lucien et Edith décidèrent de prier avant de se mettre eux aussi au lit. En pleine prière, ils entendirent une grande explosion suivie de pleurs. Ils se précipitèrent d'instinct dans la chambre des enfants. Horreur, terreur, déception se bousculaient en eux, devant le spectacle de leurs deux enfants gisants dans une mare de sang. Des débris d'un obus ont fini leur course dans la chambre des pauvres innocents.

Après cet épisode malheureux, Lucien et Edith n'avaient plus du tout goût à la vie. La guerre leur avait arraché ce qu'ils avaient de plus précieux au monde. Quelques semaines après, Edith, qui n'arrivait plus du tout à supporter ce chagrin, se donna la mort en se coupant les veines. Le fardeau était trop lourd pour elle. Lucien, seul rescapé de ces malheureuses tragédies, ne savait plus quoi faire. Il a tout perdu en moins de deux mois. Plus d'entreprise, plus de femme, plus d'enfants. Il était fini.

3. LA VIE APRÈS LA MORT

" Combien de fois se repentir, pour retomber
encore ; vaincre, pour être ensuite vaincue ;
abjurer, pour reprendre ; pour ressaisir avec une
nouvelle ivresse ! "
Rodolphe Töpffer

Les habitants de la Côte d'Ivoire étaient encore sous le bruit des bombes lorsque Lucien se morfondait. Aucune journée ne passait sans qu'on entende les bruits des hélicoptères qui sillonnaient les coins et recoins de l'espace aérien ivoirien. On commençait même à s'y habituer. C'était la première fois que ce pays, depuis son accession à l'indépendance, vivait quelque chose d'aussi effroyable. L'insécurité était sans précédent. L'on pouvait sentir la terreur des Ivoiriens des kilomètres à la ronde.

Se nourrir devenait de plus en plus difficile. Les marchés étaient déserts, les commerçants ne pouvaient pas mettre les pieds dehors, au risque de se faire froidement abattre. On ne savait à qui se fier. On n'arrivait plus à différencier les forces en présence, tellement elles étaient nombreuses. On observait la présence des forces dites « régulières », des mercenaires venus de divers horizons, des rebelles, pour ne citer que ceux-là. Parfois, lorsque des combats se terminaient dans une zone, certains « microbes » ou « enfants en conflit avec la loi », s'empressaient de piller les domiciles des pauvres riverains. Tous étaient victimes. Lorsqu'ils s'attaquaient à un quartier, ils prenaient le soin de visiter toutes les maisons, une par une. Parents comme enfants, tous étaient effrayés. Personne n'y était préparé. Lors de leurs passages, véhicules personnels, administratifs, autres biens personnels, ils prenaient tout ce qui leur tombait sous la main. Ils étaient très souvent sous l'emprise de drogues. On aurait dit des zombies réveillés après des années passées dans un cimetière. Le comble, c'est qu'ils avaient l'air de n'avoir que quinze, seize ou dix-sept ans. Cette guerre a créé des monstres. Des âmes compromises, prêtes à terrasser tout ce qu'elles rencontraient sur leur passage.

C'était particulièrement délicat pour Lucien. En ces temps de guerre post-électorale, il était très difficile d'enterrer dignement ses défunts. Aucune administration ne fonctionnait, disons qu'il n'y en avait même plus. Les cimetières étaient totalement déserts, plus de trace d'un seul employé, seuls les morts déjà sous terre étaient présents. Même avec l'aide des organisations humanitaires, la tâche restait encore compliquée. Lucien avait dû, avec sa femme, enterrer leurs enfants dans une fosse commune non loin de leur habitation. Ils avaient cherché de l'aide. Ils auraient voulu leur dire adieu dignement, mais cela n'a pas été possible. Maintenant qu'Edith était elle aussi passée de vie à trépas, il fallait que Lucien puisse l'enterrer. Déjà qu'il n'avait plus la force physique et mentale pour lui-même continuer à vivre. Après avoir évalué plusieurs alternatives, il a finalement décidé, contre son gré, d'enterrer aussi sa femme dans une fosse commune.

Après ces pénibles épisodes, et toujours sous le bruit des bombardements, Lucien décida de quitter la maison dans laquelle il avait habité pendant des années avec ses enfants et sa femme. Plus que traumatisant, le fait de devoir quitter ce lieu le déchirait. En effet, il y avait vécu la plupart de ses bons moments. Les quatre pattes de ses enfants, leurs premiers pas, leur baptême, les fêtes d'anniversaire, les célébrations de noces… Bref, toute sa vie en tant qu'adulte était présente dans cette maison. Cependant, à cause d'une guerre dont il n'a pas été ni l'instigateur, ni une partie prenante, cette maison était désormais vide. Vide d'âmes, d'amour et de vie. Plus rien ne le retenait. Qui plus est, du fait de la beauté de cette habitation, Lucien était très régulièrement visité par les pilleurs. Il pouvait être victime de pillage souvent deux à trois fois par semaine. Tout ceci ne pouvait que contribuer à son départ.

Il décida de déposer ses valises dans le village de son père. Avec certains contacts qu'il avait dans le pays, il réussit à se faufiler entre les mailles du système pour rejoindre le village. Mais ceci n'a pas été de tout repos. Pour s'assurer de ne pas être abattu en route, il devait se déguiser en femme et prétendre qu'il se rendait à l'intérieur du pays pour récupérer des vivres en raison des pénuries en ville. S'il n'avait pas orchestré pareil scénario, il aurait peut être été assassiné et/ou charcuté par des assaillants. Arrivé au village, il vécut un autre choc. Comme à l'image de plusieurs endroits du pays, le village était pratiquement vide. On pouvait même entendre de loin le bruit du feuillage dans le vent, tellement l'espace tout entier était silencieux. Les enfants, qui couraient d'habitude partout dans les coins et recoins du village, étaient absents. Ses craintes prenaient vie au fur et à mesure qu'il marchait dans le village. Après avoir fait plus de sept kilomètres de marche, il ne croisa ni une seule ombre, ni un visage. Arrivé à la cour familiale, il rencontra une fille qui prit la peine de lui expliquer ce qu'il s'était réellement passé. L'histoire était horrible. Le village avait été pris pour cible par des hommes en armes, pour des raisons jusque-là inconnues. Hommes, femmes et enfants, tous, furent massacrés. Durant l'attaque, des femmes furent même violées. L'atrocité était totale. Il n'y avait presque plus personne dans le village après leur passage. Toute forme de vie avait été annihilée. Seules les personnes qui travaillaient dans les champs à ce moment-là, avaient pu prendre la fuite lorsqu'ils entendirent les premiers tirs.

Lucien se fit à l'idée que sa vie n'aurait plus jamais de sens après toutes les pertes, matérielles comme humaines, qu'il a subies. Il décida de rester au village avec la poignée de personnes qui y étaient, jusqu'à ce que la guerre se termine. Au moins ici, ils étaient en sécurité. En effet, tout le monde savait désormais que ce village avait été attaqué et que tous les habitants avaient été exterminés. La pire chose qui pouvait leur arriver, c'était peut-être de mourir d'ennui. Ils ont alors commencé à réunir leur force, pour tenir le coup. Ils étaient dix-sept au total, dans un village qui comptait normalement plus de cinq cents personnes. Ces survivants partageaient tout. Ils partaient ensemble au champ chaque matin, labouraient ensemble la terre, récoltaient ensemble. Lorsqu'ils y étaient, les cinq femmes du groupe s'occupaient du repas de la pause de midi. Au menu, ignames et bananes bouillies. Avec ça, ils arrivaient à tenir toute la journée au champ. Lorsque la nuit tombait, ils repartaient tous ensemble au village. Ils avaient pour habitude de chanter sur le chemin du retour. Les femmes donnaient le ton et les hommes suivaient. Même s'ils avaient littéralement tout perdu, cette guerre ne pouvait pas leur arracher le courage et leur esprit de cohésion. Lorsqu'ils arrivaient au village, les hommes s'attelaient à ranger la production journalière ainsi que les outils utilisés, tandis que les femmes commençaient sans attendre à concocter le repas du diner.

En ces temps d'extrême incertitude, où ils ne savaient pas ce que demain leur réservait, ils se sont réunis autour de choses qui les rassemblent. Le travail, la danse, le chant et surtout, la prière. Oui, la prière. Car, même s'ils n'étaient pas tous de la même confession religieuse, ils arrivaient à prier. Ils avaient trouvé un moyen de prier, sans offenser leur prochain. Pour cela, pas besoin de formule magique, ils avaient déjà le fondement de la prière en eux : la parole. Grâce à de simples mots, ils arrivaient à invoquer la présence du Seigneur. Ces mots qui venaient du cœur, ces mots qui dégageaient des énergies positives, leur permettaient d'exprimer leur reconnaissance au Créateur. Après avoir savouré les plats faits et servis par les femmes, chacun des membres du club des dix-sept se dirigeait vers sa tente. Parce qu'ils n'étaient pas nombreux, ils dormaient tous sous des tentes sur un espace commun qu'ils avaient ensemble choisi. Il leur aurait été difficile de cohabiter de la sorte s'ils étaient tous dispersés dans le village.

On était en avril 2011, les combats devenaient de plus en plus intenses dans le pays tout entier, mais plus principalement dans la capitale économique. Tout le monde était à bout de nerfs. Les habitants de nationalités étrangères avaient pratiquement tous évacué les lieux grâce aux forces étrangères présentes. Le nombre de morts grimpait, jour après jour, semaine après semaine. Du côté des belligérants, personne ne semblait vouloir capituler, et ce sont les innocents qui en faisaient les frais. Jusqu'au jour du 11 avril 2011, où la donne a pratiquement changé. Après d'intenses combats dans la nuit précédente, les Ivoiriens se sont levés le 11 avril ignorant qu'ils assisteraient au dernier jour du conflit. Aux environs de midi, toutes les chaînes nationales et internationales ne titraient que sur la Côte d'Ivoire. Aux nouvelles, le président sortant aurait été finalement capturé et ses forces se seraient rendues. Une bonne partie de la population s'en réjouit, principalement parce que ceci marquait la fin du conflit. Qu'on soit d'un camp ou de l'autre dans un conflit, mieux vaut perdre pour que cessent les crimes, que de s'obstiner à continuer la bataille au détriment des pauvres innocents. Même si la fin des combats n'allait pas faire revenir à la vie toutes les personnes qui avaient été tuées, cette fin allait au moins empêcher que d'autres vies ne soient encore injustement arrachées. Lorsque Lucien eut vent de cette nouvelle, il n'a pas pu se retenir. Il a pleuré pratiquement toutes les larmes de son corps, des heures et des heures durant. Il pleurait car les évènements qui avaient causé la perte de la quasi-totalité des membres de sa famille, venaient comme par magie de se terminer. Parce que des personnes n'étaient pas en accord avec l'issue d'une élection, à tort ou à raison, il a dû enterrer ses enfants et sa femme. Pour la volonté, ou la satisfaction personnelle d'un groupe de personnes, pour des intérêts matériels, ses proches avaient perdu la vie. Mais plus, des habitants avaient été brûlés vifs, d'autres enterrés vivants, des femmes avaient été violées, des enfants éventrés, des biens volés, des années de travail parti en fumée... Tout ça, pour qu'un bon midi tout se termine, comme par enchantement, comme si de rien n'était. C'était trop absurde pour lui.

Maintenant que le calme revenait progressivement dans l'ensemble du pays, même si certaines exactions isolées étaient toujours commises, Lucien se disait qu'il était temps qu'il retourne à Abidjan. C'est vrai que sa vie au village lui plaisait bien, mais il avait des choses à mettre en ordre en ville. Il devait retourner voir l'étendue des dégâts, faire une analyse complète de la situation, afin de prendre de meilleures décisions pour la suite. Il l'annonça donc aux membres du club des dix-sept. Puisqu'ils avaient vécu ensemble quelques mois, ils étaient maintenant comme une famille. Il se dit qu'il devait demander leur avis, avant de passer de la décision à l'action. Ses désormais frères et sœurs, ont pris la nouvelle avec une grande maturité. Il est bien vrai que cette annonce les rendait tristes, mais ils savaient que Lucien avait besoin de repartir pour son propre bien. Même si au fond d'eux ils s'y opposaient, ils lui dirent que c'était la chose à faire. Ils commencèrent ensemble à lui préparer tout ce qu'il fallait afin qu'il puisse repartir dans les meilleures dispositions. Pendant trois semaines, ils gardaient la moitié des récoltes journalières pour Lucien. Le gibier qui était capturé était conservé pour lui. Bref, ils lui ont donné tout ce qu'ils avaient, matériellement comme émotionnellement. Car chaque soir, après le repas et la prière, ils prenaient la peine de réconforter Lucien et aussi de l'apprêter mentalement pour la suite. Ils lui prodiguèrent conseils et recommandations, afin de l'aider à prendre les meilleurs choix pour la suite de sa vie. C'est ainsi qu'en juin 2011, Lucien fit ses adieux aux membres du club des dix sept et prit la route pour Abidjan. Durant le trajet, Lucien n'a pas reconnu le paysage. Tout avait été saccagé. Les bâtiments étaient détruits, les avenues délabrées. On n'arrivait même plus à reconnaitre les endroits qui faisaient il y a quelques mois en arrière, la fierté de la capitale. Des véhicules étaient calcinés, on voyait des débris d'armes trainer dans les rues. Tout était sens dessus dessous. Arrivé à l'entrée de la cité où il vivait, le constat était similaire. La beauté du paysage avait laissé place à une mocheté à nulle autre pareille. Il y avait des barrages de policiers tous les deux-cents mètres. On se serait cru dans l'enceinte d'une base militaire. Arrivé au niveau de sa maison, il entendit du bruit. Inquiet, il décida dans un premier temps d'attendre au dehors, afin de voir si les personnes qui étaient à l'intérieur allaient sortir. Après plus de trois heures de temps à attendre sans voir une mouche sortir de la maison, il décida finalement d'entrer. Il frappa trois fois à la porte, sans réponse. Après quoi, il s'aperçut que celle-ci n'était pas verrouillée. Il entra donc et vit une multitude d'armes dans la cour de sa résidence. Au garage, il y avait près de cinq véhicules militaires. Sur le coup, Lucien se demandait bien qui pouvait occuper sa résidence, sans son consentement et sans qu'il ne soit informé. Il n'a même pas eu le temps de finir de se poser cette question, que des hommes en uniforme sortirent du salon. Tous étaient surpris. Lucien, la peur au ventre, demanda aux hommes en armes ce qu'ils faisaient dans sa résidence. À cette question, ils lui répondirent que la maison était abandonnée depuis des semaines et qu'ils ont jugé bon d'en faire leur quartier général. Incroyable mais vrai, et ce n'était pas un cas isolé. Les maisons qui avaient été désertées par leurs propriétaires étaient soient totalement pillées, soient utilisées par des hommes en armes. Lucien, avec une expression faciale très démonstrative de sa colère, leur ordonna de quitter immédiatement les lieux. Les hommes en armes se mirent à rire. Ils donnèrent à Lucien deux choix : le premier était de reprendre ses affaires et de retourner d'où il vient, et le second de rester mais en cohabitation avec eux. Pour ces derniers, ils étaient les nouveaux chefs de cette maison, que Lucien en soit le vrai propriétaire, ça ne tenait qu'à lui et lui seul. Ce dernier, très énervé, commença à les invectiver. En réponse à ces invectives, ils prirent des kalashnikovs et commencèrent à tirer en l'air. Lucien se calma instantanément. Il était certes énervé mais il ne voulait pas mourir. Il ne pouvait pas dire grand-chose, la balle n'était pas dans son camp. En période de guerre comme d'après-guerre, c'est toujours la même chose. Les lois sont très souvent bafouées et seule la force des armes compte. Les citoyens deviennent esclaves des hommes en armes.

Vu qu'il n'avait pas vraiment d'autres choix, Lucien prit la décision de vivre avec eux dans sa résidence. Un propriétaire devenu subitement colocataire, la situation était aussi triste que troublante. Il avait toujours la peur au ventre dans cette maison, car pour une raison comme une autre, il pouvait être froidement abattu par ces soldats, que dis-je, ses colocataires. La maison était toute délabrée. Après des pillages multiples, il n'y restait presque plus rien. Des appareils électro-ménagers aux carreaux, tout avait été soigneusement emporté. Le comble, même certaines latrines n'avaient pas été épargnées. On ne savait plus s'ils étaient de simples malfrats, ou des propriétaires de quincaillerie. Au fil du temps,

Lucien commença à s'habituer à la situation qui était désormais la sienne. Il n'avait pas le choix, c'était ça ou rien du tout. Il est vrai qu'ils avaient l'air effrayants, mais les soldats avec qui il vivait étaient assez sympathiques. Lorsqu'ils n'allaient pas en excursion, ils prenaient le temps de faire le ménage, la vaisselle et aussi la cuisine. Ils disaient toujours à Lucien qu'ils allaient bien le traiter, parce qu'il est légitimement et légalement le propriétaire de cette maison. Ça au moins, ils pouvaient le lui concéder. Souvent, ils se racontaient à tour de rôle des histoires sur leur vie, ce qu'ils ont chacun eu à vivre. À la vérité, ces soldats étaient tous aussi victimes de la guerre que les citoyens. Certains combattaient parce qu'ils avaient été recrutés de force, tandis que d'autres le faisaient simplement par vengeance. En effet, plusieurs avaient pris les armes à la suite de l'assassinat d'un ou de plusieurs de leurs proches, afin de se venger du camp, qui aurait perpétré cet acte. Lucien s'est rendu compte, à cet instant-là, que finalement tout le monde sort perdant d'une guerre. Qu'on en soit l'instigateur ou la victime, en fin de compte, la guerre n'est bonne pour personne.

4. L'ANCRE OU LE LARGE

"Ceux qui sont prêts à abandonner une liberté
fondamentale pour obtenir temporairement un
peu de sécurité, ne méritent ni la liberté ni la
sécurité."
Benjamin Franklin

Même des mois après la fin des hostilités, la vie n'était pas redevenue comme avant. En vrai, c'est même impossible qu'elle le redevienne. Les séquelles laissées par la guerre sont bien trop importantes. Des morts, des déplacés, des amputés, des blessés, elle a fait de nombreux dégâts. La haine, la colère, le chagrin et la tristesse, sont des émotions ressenties par un grand nombre. Les blessures qu'elle avait engendrées étaient aussi bien présentes à l'intérieur qu'à l'extérieur. Certaines zones du pays avaient reculé de plusieurs années au niveau infrastructurel. En effet, en plus des bâtiments et édifices, les combats ont emporté avec eux toutes les installations publiques. Tout était à refaire.

Pendant ce temps, Lucien a fini par devenir très proche des soldats qui vivaient avec lui dans sa résidence. Leur présence était même un privilège, car avec eux dans la maison, aucun bandit n'osait tenter un quelconque acte de vandalisme. Ils surveillaient aussi bien le quartier tout entier que sa maison. Cependant, il était temps pour eux de rendre les armes. La guerre avait pris fin et les nouvelles autorités avaient ordonné le désarmement d'une bonne partie des combattants. Ils plièrent bagage et s'en allèrent, laissant seul le propriétaire des lieux. Ce dernier eut du mal les premières semaines après leur départ. Très souvent, il entendait des voix. Des voix qui ressemblaient à celles de ses enfants et de son épouse, tous décédés. Il avait des insomnies, personne à qui parler, personne pour lui changer les idées. Vu qu'il ne pouvait pas rester dans cet état éternellement sans rien faire, il prit l'initiative de trouver une nouvelle activité professionnelle. L'État étant une continuité, les fonctionnaires avaient déjà repris le travail ; et étant donné que son entreprise avait été réduite en poussière, il songea à faire désormais son entrée à la fonction publique.

Puisqu'il avait quelques connaissances au sein du pouvoir actuel, il entreprit des démarches auprès d'elles afin de se frayer un chemin dans cette grosse machine qu'est la fonction publique. Il ne demandait pas à être ministre, mais ne voulait pas non plus d'un emploi rémunéré à la hauteur du smig. Après plusieurs audiences qu'il s'est vu accorder, il était optimiste. Il était sûr et certain de deux choses. Tout d'abord que ses relations pouvaient d'un claquement de doigt l'insérer au sein du système du fait de leur position et ensuite, que ses compétences étaient nécessaires dans au moins quatre des ministères les plus importants du pays. Pour lui, il se devait de simplement patienter quelques semaines pour que deux ou trois simples coups de fil le fassent nommer. Il ne savait pas qu'il se fourrait le doigt dans l'œil. Il n'avait pas, sinon plus, de poids politique ; il ne constituait plus une force financière et pour couronner le tout, il était resté neutre durant la guerre. Il attendit, semaines après semaines, mois après mois. Il rappelait à tout moment ses contacts qui lui faisaient toujours de belles promesses. Paroles en l'air. Il n'y avait pas de place pour lui, en tout cas, pas pour le moment. Parce qu'il ne plaçait son espoir que sur une éventuelle nomination, Lucien refusait d'explorer d'autres pistes. Certains amis lui conseillaient de se lancer à son propre compte mais cette fois, dans un autre secteur d'activités. Ils proposaient même de l'aider, car ils savaient qu'il avait tout perdu à cause de la guerre. Mais il opposait toujours des refus catégoriques, disant qu'il a passé l'essentiel de sa vie dans le secteur privé et qu'il en avait désormais marre. C'était soit une nomination à la fonction publique soit rien. Après avoir attendu près d'un an, Lucien s'est fait à l'idée. Il n'entrera jamais à la fonction publique, du moins pas en se faisant nommer comme il le souhaitait. Il était temps pour lui de songer à autre chose.

Comment était-il possible pour lui de songer à autre chose alors qu'il n'avait plus rien. Se lancer encore dans l'entrepreneuriat ? Cela demande des moyens qu'il n'est pas en mesure de réunir à lui tout seul. Il avait utilisé la majeure partie de ses économies pour rénover son habitation et pour vivre au quotidien. Ses finances étaient au rouge, il fallait qu'il trouve dans l'urgence des sources de revenus viables. Il décida finalement de s'endetter auprès de ses quelques amis qui étaient disposés à l'aider, afin d'ouvrir un commerce de demi-gros. Dans les débuts, les choses allaient pour le mieux. Il arrivait à honorer ses ententes de paiement auprès de ses créanciers. Il payait également à temps ses fournisseurs. Mais après quelques mois d'activités, le rendement n'était plus le même. La guerre avait affecté négativement le pouvoir d'achat des habitants du pays. Il y avait certes plus de riches, mais aussi beaucoup plus de pauvres. Lucien a tenté de tenir le coup. Il a continué malgré la perte de profit. Seulement, à un moment donné, c'était trop pour lui. Il s'arrangea à payer ses fournisseurs et rembourser en intégralité ses amis qui l'avaient aidé, avant de mettre la clé sous la porte. Près de deux ans et demi après la fin de la guerre, il était revenu au point de départ.

Quelque temps après la fermeture de son commerce, Lucien prit contact avec un ami de longue date qui était de passage à Abidjan. Ce dernier, du nom d'Armand, avait réussi par des moyens propres à lui, à quitter le pays lorsque la bataille battait son plein en 2011. Il était de passage au pays pour la toute première fois depuis qu'il l'avait quitté, et tenait à prendre des nouvelles de Lucien. C'est ainsi qu'ils prirent rendez-vous un jeudi soir dans un restaurant de la place. Il n'était pas au parfum de toutes les mésaventures de Lucien, de la destruction du site de son entreprise, à la fermeture de son commerce en passant par la mort de sa femme et de ses enfants. Armand, à peine arrivé, dût tout encaisser. Lucien avait beaucoup de mal à s'exprimer, il était pris d'émotions. Se ressasser tous ces évènements était bien trop douloureux. Mais comme il fallait qu'il en informe son ami, il prit la peine de tout lui expliquer de long en large. Ils en étaient tous deux peinés

Après l'avoir longuement écouté, Armand proposa une possible solution. À ce stade, il était ouvert à toutes les options. Son ami lui conseilla de le rejoindre en Europe, pour y refaire sa vie. Il lui proposa de l'héberger et de l'assister le temps de prendre ses marques et entamer un nouveau départ. L'idée n'était pas mauvaise, Lucien ne semblait pas s'y opposer. Cependant, il n'avait plus de fonds pour les différentes formalités du voyage. Il avait déjà vendu sa maison et louait un petit studio, faute de moyen. Il ne pouvait même plus subvenir proprement à ses besoins, comment pouvait-il s'y prendre pour trouver des millions pour le voyage ? Tous deux n'avaient pas de réponse à cette question. Lucien donna rendez-vous une semaine plus tard à Armand, le temps de réfléchir à une solution miracle. Il rencontra tous ses amis qui avaient acceptés de lui prêter de l'argent pour son commerce, mais ceux-ci ne semblaient pas disposés à l'aider. Il était seul face à ce problème majeur, sans possibilité de soutien. Lorsqu'il rencontra de nouveau Armand, il lui dit qu'il n'avait pas pu trouver quelqu'un pour lui prêter l'argent nécessaire aux démarches du voyage. Même le prêt bancaire qu'il avait demandé lui a été refusé ; il n'avait ni source de revenu, ni biens. Et c'est connu, « la banque ne prête qu'aux riches », et lui n'en était pas un, enfin plus maintenant. Après avoir écouté tous ces retours négatifs, Armand décida de conseiller la solution qu'il pensait unique pour son ami. Il s'agit de l'immigration clandestine. Il expliqua son plan, garantissant à Lucien qu'il allait arriver sain et sauf, car son réseau d'immigration clandestine était selon lui le meilleur de toute la sous-région. Lucien éclata de rire, il ne pensait pas Armand sérieux dans sa démarche. Cependant, lorsqu'il comprit que ce dernier l'était, il lui fit comprendre que c'était sans équivoque pour lui, il n'allait jamais prendre la mer pour rejoindre l'Europe. C'était totalement inconcevable.

Des semaines après cette dernière rencontre, Armand s'est envolé pour la France, laissant son ami entre doutes et cogitations. Après avoir catégoriquement rejeté l'offre de Armand, Lucien commença à sérieusement y réfléchir. Finalement, il n'avait plus d'attache dans ce pays, se disait-il. La guerre lui a arraché sa femme et ses enfants. Le reste de sa famille a été complètement exterminé durant cette même guerre. Il a été obligé de vendre ses seuls biens qui lui restaient, et vivait maintenant une vie qu'il jugeait misérable. Pourquoi continuer de souffrir dans son propre pays à cause de la guerre ? Alors qu'il pouvait évoluer dans un autre. Pourquoi rester dans un pays où chaque mort lui rappelle la perte de ses proches ? Pourquoi rester dans un pays où ses compétences n'étaient pas reconnues à leur juste valeur ? Pourquoi rester dans un pays où, lorsqu'on est proche d'un pouvoir, on devient automatiquement l'ennemi d'un autre ? Des questions comme celles-ci, il s'en posait des centaines et des centaines. Même s'il avait un grand sens du patriotisme, il ne tenait pas à finir ses jours comme un moins que rien sur la terre de ses ancêtres. Après avoir pris un long temps de réflexion afin d'évaluer les pour et les contres, il prit la décision de faire confiance à son ami Armand, dans son projet de l'aider à rejoindre l'Europe par le canal de l'immigration clandestine. Bien que cette décision parût risquée et ridicule, il se disait que c'était le meilleur choix pour lui, vu sa situation actuelle.

Cette décision prise, il commença à réunir les fonds demandés pour les différentes étapes de la longue traversée clandestine jusqu'en Europe. Elle était coûteuse, mais pas autant que la voie officielle. D'abord, il devait se rendre dans un autre pays de l'Afrique de l'Ouest. Ce n'est que comme ça qu'il pouvait démarrer cette aventure. Il prit donc tout ce dont il aurait besoin pour le voyage, et fit ses adieux à la Côte d'Ivoire. Le premier trajet reliant la Côte d'Ivoire et ce pays voisin était d'environ vingt-quatre heures en bus. Pendant toutes ces heures, il réfléchissait encore et encore. Il se demandait s'il avait vraiment fait le bon choix. Il avait toujours la possibilité de retourner s'il le souhaitait, il lui fallait soit foncer tête baissée, soit rebrousser chemin. Pour se donner du courage, il invoqua le bon Dieu afin qu'il puisse veiller sur lui tout au long de ce périple, parce qu'il était totalement décidé à faire ce voyage. Après un jour de trajet, il arriva finalement à destination. C'est un tout autre monde pour lui ; il ne s'y était jamais rendu. C'est aussi un pays qui a vécu des crises militaires, et cela se ressentait dans le quotidien des populations. La plupart des jeunes, au lieu d'y rester, préféraient mourir en mer si cela leur évitait de crever de faim dans leur pays. Décidemment, les réalités sociales étaient pratiquement les mêmes dans toute la sous-région.

Il devait rester dans ce pays quelques jours seulement avant de traverser le désert pour rejoindre la Libye, mais tout ne se passa pas comme prévu. Sur les lieux, il devait rencontrer un homme, recommandé par Armand, qui allait le guider ces quelques jours jusqu'à la prochaine étape. Malheureusement, ce soi-disant guide lui fit faux bond. Il prit l'argent de Lucien, le mit dans un studio où il devait loger et partit sans donner de nouvelles. Le lendemain, Lucien l'appela à maintes reprises, sans succès. Après quoi, Lucien appela Armand qui dépêcha un autre guide dans l'urgence. Ce dernier, puisqu'il n'avait pas reçu d'argent, réclama une certaine somme à Lucien afin de lui tenir main forte. Cependant, Lucien avait un budget très limité qui était prévu pour chaque étape et il ne pouvait pas se permettre de faire des dépenses additionnelles. Malgré son insistance, le nouveau guide resta sur sa position, pas de sous, pas d'aide. Étant dans un pays où il ne connaissait personne, Lucien fut contraint de céder. Après avoir rapidement empoché les billets, le guide conduisit Lucien dans un supermarché de la place, afin d'y faire des emplettes. Lucien devait faire des économies, car il est maintenant diminué financièrement. Pour ces quelques jours qu'il devait passer dans cette ville, il se fit violence et n'acheta que quelques tranches de pain et du lait. Voyant cela, le guide lui conseilla de prendre plus, un homme de sa corpulence et de son âge ne pouvait pas tenir des jours avec ce qu'il avait l'intention d'acheter. Lucien lui répondit que c'était impossible, car l'argent destiné à assurer son alimentation était épuisé. Le guide se mit à rire en lui conseillant de joindre son ami Armand, afin qu'il lui avance des fonds. Gêné mais dans le besoin, Lucien fit ce que le guide lui dit. Armand donna son accord, mais dit à Lucien de faire ses achats avec l'argent qu'il avait sur lui, et qu'après il le lui rembourserait, par l'entremise du guide. Ne voyant pas d'inconvénients à cette formule, Lucien acheta tout ce dont il avait envie. Fromage, jambon, vin rouge et tomates cerises, il n'y avait plus de place, même pour un cure dent, dans son chariot. Il était convaincu que Armand respecterait sa parole.

Deux jours après, toujours pas de signe du guide. Armand non plus ne décrochait plus les appels. Étrange, voire bizarre. Au début, Lucien les croyait sûrement occupés. Mais après une trentaine d'appels et messages sans réponses, il commença à prendre peur. Il insista encore,

encore et encore, toujours sans réponses. Le lendemain, lorsqu'il tenta de nouveau de les joindre, leurs numéros de téléphone n'étaient plus attribués. C'est un coup dur pour Lucien, qui est normalement censé traverser le désert pour rejoindre la Lybie dans moins de quarante-huit heures. N'ayant plus de guide, d'argent, ni de correspondant en Europe, il lui fallait trouver un nouveau plan. Il se demandait s'il fallait toujours continuer l'aventure. Une voix intérieure lui disait de rebrousser chemin, mais il ne voulait plus retourner en Côte d'Ivoire. Il sortit de son studio, pour essayer de trouver une solution auprès d'une âme généreuse. Marchant sans destination, il fit la rencontre d'un jeune homme qui venait du même pays que lui. Tout heureux d'avoir trouvé un compatriote, il s'empressa de lui raconter sa situation sans même prendre le temps de connaître son interlocuteur. Ce dernier, lui proposa de l'aider, afin qu'il puisse effectivement passer le désert à temps. Il donna rendez-vous à Lucien quelques heures après, dans un café. Pendant la rencontre, il présenta un autre monsieur à Lucien, qui devait l'héberger et lui offrir toute l'aide nécessaire. Très heureux, Lucien les remercia tous les deux et s'empressa de se rendre à son studio. Il prit tout ce qui lui appartenait et se rendit directement chez son nouveau « tuteur ». Après avoir été installé, il proposa à Lucien de passer à table. Ce dernier mangea et but à sa faim, comme il ne l'avait pas fait depuis des mois. Après s'être copieusement régalé, il regagna sa chambre pour faire une bonne et longue sieste. À son réveil, une effroyable surprise l'attendait. Son tuteur avait réquisitionné toutes ses affaires. Du passeport aux vêtements en passant par son argent, il lui avait tout pris. Lorsque Lucien lui demanda des comptes, il lui fit comprendre qu'il travaillerait désormais pour lui. Soit il accepte de travailler pour lui comme manœuvre, soit il le dénonce à la police locale. Lucien s'attendait à tout sauf ça. Il était pris au piège, car à ce moment précis, le tuteur pouvait même décider de lui ôter la vie. Il était obligé de lui obéir sans dire un mot.

Le jour normalement prévu pour le départ était maintenant passé. Désormais, toutes ses chances d'arriver en Europe étaient réduites à néant. Il devait juste prier pour que son exploitant se décide à le libérer. Il travaillait sur le chantier avec trois autres ressortissants ouest-africains. Leurs histoires étaient toutes similaires. Ils se sont tous fait berner par le même tuteur, le mode opératoire était le même. Tous voulaient rejoindre l'Europe, poussés par la volonté de quitter la guerre, la pauvreté et l'insécurité que leur offrait leur pays respectif. Mais, il y avait toujours une solution. Ils proposèrent à Lucien de discuter avec le tuteur, afin qu'il l'aide à continuer son aventure, à condition que ce dernier travaille d'arrache-pied et soit beaucoup plus productif. Par la suite, il conclut cet accord avec le tuteur. Il avait trois mois pour prouver qu'il était digne d'être libéré. Ayant un nouveau regain d'espoir, Lucien se donna corps et âme afin de satisfaire aux exigences de son patron. Il travaillait avec la joie au cœur, car il savait que la clé était au bout de ces trois longs mois. Il abattait un travail remarquable, à tel point qu'après deux mois, son patron entama des discussions avec des passeurs. Il informa Lucien des retours qu'il eut. Tout était finalement prêt pour que Lucien traverse le désert, à la fin de cette période de trois mois.

On était au jour du départ. Lucien fit ses adieux à ses collègues et remercia son patron. C'est vrai qu'il lui avait menti sur ses intentions au départ, mais avait fini par l'aider. Lucien ne voulait retenir que les bons côtés de l'histoire. Le pick-up était chargé, à vrai dire surchargé. Ils étaient au nombre de douze, dans un véhicule qui ne doit normalement accueillir que cinq personnes à son bord. Du fait de cette surcharge humaine, il y avait très peu de places pour les bagages. Le passeur obligea de ce fait les passagers à se débarrasser du plus d'affaires possible. La majorité d'entre eux, y compris Lucien, finirent par se débarrasser de tous les vêtements qu'ils avaient emportés. Ils n'ont gardé que l'essentiel, de l'eau et des vivres. Le reste, à la poubelle. Sur la route, les passagers qui parlaient la même langue, se racontaient leurs histoires, tandis que les autres restaient muets. Pour certains d'entre eux, ils étaient à leur troisième, voire quatrième essai. Ce n'était jamais chose facile de traverser le désert. Il fallait être chanceux en plus d'être courageux. Toutes ces histoires ont réussi à faire peur à Lucien. Il était seul avec des inconnus, dans un pays inconnu, sur une route inconnue, en direction d'une destination inconnue. Même les équations les plus difficiles à résoudre n'ont vraisemblablement pas autant d'inconnues.

Arrivés à un corridor, les occupants du véhicule ont été victimes de racket. En effet, des soldats leur ont intimé l'ordre de payer une certaine somme d'argent, s'ils désiraient continuer le voyage. Lucien, ne voulant pas d'histoire, s'empressa de payer. Les récalcitrants, malheureusement pour eux, ont été dépouillés de tous leurs biens. Ceux qui refusaient de payer de leur propre gré étaient fouillés et dépossédés de leur argent, jusqu'au dernier centime. Ces derniers, savaient que le voyage n'allait pas faire long feu pour eux. Parce qu'en effet, les rackets étaient récurrents au niveau des corridors, et ceux qui n'avaient plus d'argent étaient dans l'obligation de descendre. Lucien avait eu chaud sur ce coup-là. Déjà qu'il n'avait pas assez d'argent, il aurait tout perdu s'il s'était opposé à la volonté des agents présents au corridor. Quelques kilomètres plus tard, le scénario se répéta. Ils sont rackettés au corridor. Ceux qui avaient accepté de donner la première fois, l'ont encore fait cette fois-ci. Quant aux autres, ils sont simplement descendus du pick-up. Ils n'avaient pas de quoi payer, et donc ne pouvaient plus continuer le voyage, c'était leur terminus. Ils n'étaient plus que six passagers au total. Voyons le bon côté des choses. Au moins, le véhicule n'était plus surchargé. Comme d'habitude, le malheur des uns avait contribué au bonheur des autres. Toutefois, ce n'était pas ce à quoi Lucien pensait en ce moment. Ayant déboursé de l'argent à deux corridors, il se demandait comment allait-il bien pouvoir arriver à destination à ce rythme. Il ne savait pas que des dangers beaucoup plus importants les guettaient.

Une centaine de kilomètres après ce deuxième racket, dans le gigantesque désert libyque, les voyageurs sont confrontés à un autre problème. Le conducteur aperçoit de loin des patrouilles militaires. Ne voulant pas faire un tour en prison pour avoir transporté ces personnes en irrégularité, il leur ordonna de descendre du véhicule. Choqués, ils ne comprenaient pas ce qui leur arrivait. Descendre en plein désert ? C'était inconcevable. Mieux vaut être capturés que de s'aventurer dans ce désert chaud. Mais le conducteur ne voulait rien savoir. Ils devaient descendre, un point un trait. Les passagers mécontents, ont demandé à se faire rembourser. Ils avaient payé pour se faire transporter jusqu'en Lybie, pas dans le désert. Passagers et conducteur se chamaillèrent pendant plusieurs minutes. Finalement, le conducteur eut le dernier mot. Les passagers devaient tout simplement descendre. Sans être remboursés d'un seul centime, ils furent livrés à eux-mêmes dans ce désert de sept-cent-mille kilomètres carrés. Au nombre de six, avec seulement deux litres d'eau, ils devaient effectuer encore quatre-vingts kilomètres, à pied !

Lucien n'avait rien connu d'aussi pénible de sa vie. À cause de la guerre et de ses conséquences, poussé par l'envie d'avoir une vie meilleure, il se retrouve au plein milieu d'un désert. Maintenant, ils doivent se serrer les coudes, partager l'eau et la nourriture qui restaient. Il y avait parmi eux deux enfants de moins de dix ans. Ces derniers avaient la priorité en ce qui concerne les vivres. Lorsqu'ils montraient des signes de fatigue, ils étaient aussitôt restaurés. Quant aux adultes, ils devaient se faire violence. Ils n'avaient pas d'autres alternatives s'ils voulaient arriver à destination, toujours en vie. Après plus de huit heures de marche, la fatigue se fit ressentir. Il leur restait encore une longue distance à accomplir, et il n'y avait plus assez de vivres. Ils décidèrent de camper à une place et d'y passer la nuit. Au réveil, c'était la déception totale. Les deux enfants étaient morts, certainement de fatigue ou de soif. Leur mère était inconsolable, elle se sentait responsable de leur mort. Malgré la déception, les trois autres compagnons dirent à cette femme de se ressaisir. La route était longue, et ce n'était pas le moment de se morfondre. La décision a déjà été prise, ce n'était plus le moment ni le lieu de se lamenter. Il lui fallait assumer les conséquences de ses choix. Ils repartirent dans l'optique de se rapprocher le plus possible de leur destination. C'est alors que surgirent de nulle part deux véhicules militaires. C'était trop tard, ils ne pouvaient ni fuir, ni se cacher. Ils furent embarqués et conduits dans un centre de détention pour personnes en irrégularité. Même si cette situation ne faisait qu'envenimer les choses, Lucien voyait le point positif, il n'allait pas mourir aujourd'hui, en tout cas pas dans le désert. Pendant la détention, ils furent nourris et soignés, avant d'être relâchés. Ils étaient désormais au cœur de la Lybie.

Vu que Lucien n'avait plus de contact et que le conducteur les avait lâchement abandonnés en plein désert, il lui fallait trouver un moyen de passer à la prochaine étape. C'était l'étape ultime, la traversée de la méditerranée. Passer cette étape lui ouvrait les portes de l'Europe et du démarrage d'une nouvelle vie. Pour l'instant, il se devait de redescendre sur terre. Il lui fallait tout d'abord trouver de l'argent, car il n'en avait plus du tout. Avant qu'il traverse le désert, on lui avait promis qu'il trouverait assez d'argent en Lybie pour poursuivre son voyage. Mais dans l'application, c'était une tout autre réalité. Pendant près de deux jours, durant lesquels il n'a ni bu ni mangé, Lucien a passé tout son temps à chercher un emploi. Parce qu'il avait des connaissances en maçonnerie, il se promenait aux alentours des chantiers de construction afin d'avoir une place dans l'équipe, mais en vain. Alors qu'il marchait en bordure de route, il fut kidnappé par des bandits. Lorsqu'ils lui ont enlevé le sac qu'il avait sur la tête pendant la durée du trajet, il vit une dizaine de personnes, toutes ligotées et bâillonnées. Ces trafiquants kidnappaient les migrants afin d'extorquer de l'argent à leur famille. Ceux qui ne leur étaient d'aucune utilité étaient transférés à d'autres bandits pour être exploités. Lorsqu'ils demandèrent à Lucien des contacts de sa famille, ce dernier leur répondit qu'il n'en avait plus. Il leur expliqua qu'il avait perdu famille, femme et enfants pendant la crise post-électorale qui a frappé son pays. Les malfrats, ne croyant aucun des mots qui sortaient de sa bouche, décidèrent de lui soutirer ces contacts d'une façon beaucoup plus brutale. Ils le frappèrent, encore et encore. À un moment donné, Lucien, ne pouvant plus supporter les coups, finit par s'évanouir. Il n'avait plus de force, il n'en pouvait plus de se justifier. Voyant que Lucien ne changeait pas de version même après cette torture, ils le laissèrent se reposer. Lorsqu'il reprit connaissance, ils lui donnèrent de l'eau et de la nourriture, avant de l'abandonner au bord d'une rue.

Quelques semaines après cet évènement

malheureux, Lucien réussit à trouver et un travail, et un contact, pour lui permettre de prendre la mer. Le départ était prévu dans quelques semaines. D'ici là, il devait trouver les fonds nécessaires pour réserver sa place. Cela paraissait impossible. Même s'il avait trouvé une source de revenu, il ne pouvait pas réunir aussi rapidement la somme demandée. À court d'idée et d'espoir, il essaya de joindre son ami, Armand, via son numéro qu'il avait pris la peine de mémoriser. La dernière fois qu'il avait essayé de le joindre, son numéro semblait hors service. Mais cette fois-ci, il parvint à le joindre. Armand, très gêné, lui présenta ses sincères excuses pour tout ce qui s'était passé et pour toute la souffrance qu'il eut à endurer. Pour se faire pardonner, il lui proposa de régler en intégralité la somme manquante pour rejoindre l'Europe par la mer. Lucien vit cela comme un signe du ciel. Il était désormais déterminé à mettre un terme à ce périple en beauté. Armand tint paroles et effectua le règlement de la somme pour lui. Il n'avait plus qu'à prendre la route, du moins la mer, pour regagner l'Europe.

La date fatidique était enfin arrivée, on était au jour j. Lucien se préparait à mettre les pieds dans une minuscule embarcation. Le pick-up surchargé dans le désert n'était rien à côté de ça. La capacité d'accueil du bateau était d'environ vingt personnes, mais là ils étaient cent cinquante. Oui, cent cinquante personnes sur une embarcation qui peut en supporter approximativement vingt. Il n'avait jamais vu cela de toute sa vie. Mais pas le temps de s'exclamer, il fallait se trouver une bonne place avant que le bateau ne soit complètement chargé. Parmi les voyageurs, il y avait une femme enceinte, possiblement à terme. On pouvait aussi observer la présence de personnes malades et d'enfants ; ce qui rendait ce voyage de plus en plus risqué. Le voyage devait durer quelques jours. Il n'y avait pas assez d'eau et de nourriture. Durant la traversée, par inadvertance ou par fatigue, certaines personnes ont glissé et se sont noyées. C'était horrible à voir pour Lucien, qui faisait tout pour bien s'accrocher, de jour comme de nuit. Deux jours après le début du voyage, la femme enceinte se tordit de douleur. Personne ne savait quoi faire, il n'y avait pas de médecin. Sur ces embarcations, c'est chacun pour soi, Dieu pour tous. Personne ne voulait risquer de lui venir en aide, et se retrouver au fond de la mer. Elle continua de crier sous le regard impuissant des voyageurs. Après deux bonnes heures, on ne l'entendit plus. Lorsque Lucien tourna la tête pour voir comment elle allait, il s'est aperçu qu'elle était décédée. Morte en mer, la tête de son bébé à moitié sortie. Il n'avait rien vu d'aussi abominable. Et comme si cela ne suffisait pas, deux jeunes hommes se sont chargés de balancer son corps en pleine méditerranée. Il n'y avait pas assez de places, il fallait soulager l'embarcation.

« Ce n'est pas la guerre, c'est bien pire », disait Lucien à voix basse. Il n'avait jamais vu une horreur pareille. « L'Europe en valait-elle la peine ? » se demandait-il. Ce qu'on ne lui avait pas signifié, c'est que le bateau n'était pas censé arriver en Italie comme il l'espère. Le but ultime était de se rapprocher le plus possible des côtes afin que les garde-côtes les repèrent. Trop tard, il devait apprendre sur le tas. Un bateau des gardes côtiers italiens approchait. Ceux qui l'ont aperçu ont commencé à faire signe de la main. Lorsque le bateau fut assez proche, certains se jetèrent quasiment à l'eau. Voyant cela, les garde-côtes s'empressèrent de leur jeter des bouées de sauvetage afin qu'ils ne se noient pas. Malheureusement, certains n'ont pas tenu le coup. Plus de la moitié de l'équipage s'est noyée. Lucien, toujours miraculé, a réussi à atteindre le navire italien. C'était fait, il avait réussi la mission haut les mains.

Arrivés sur terre, ils étaient tous très heureux. Heureux de faire partie des survivants, heureux d'être en Europe. En revanche, Lucien était très triste. Finalement, le résultat ne valait pas tous les efforts consentis. Transportés en Sicile, où ils devaient attendre des mois voire des années avant de savoir si oui ou non ils allaient pouvoir rester en Italie, ces migrants commencèrent à déjà détester l'Europe. Ce n'était pas le paradis qu'on leur avait promis.

CONCLUSION

"Être ce que nous sommes et devenir ce que nous sommes capables de devenir, tel est le but de la vie. "
Robert Louis Stevenson

Lucien n'est pas arrivé là par hasard. Son histoire n'est pas un cas isolé. Loin de là l'idée d'incriminer un régime, un parti politique ou même un pays en particulier. Toutefois, lorsque dans l'histoire des peuples, les Hommes sont confrontés à un problème qui fragilise la société, il est bon d'en analyser les causes afin d'en dégager des pistes de solutions.

La guerre, les coups d'état, la rébellion, la mauvaise gouvernance, le rattrapage ethnique, sont des maux qui minent la plupart de nos états. En vérité, même si l'occident est décrit par ceux qui y vivent comme l'eldorado, ce sont ces maux qui encouragent nos frères et sœurs à s'adonner à l'immigration clandestine. Si nos états nous offraient toutes les conditions adéquates nous permettant de vivre de façon décente, l'immigration clandestine ne connaîtrait pas un tel engouement. Par exemple, ce phénomène n'a pris de l'ampleur que lorsque la situation économicomilitaire des états africains a commencé à se dégrader. Sinon, pourquoi risquer sa vie pour rejoindre d'autres terres, si nous avons tout ce qu'il nous faut pour vivre ?

L'immigration clandestine, en plus d'engendrer beaucoup de pertes en vie humaines, contribue aussi à l'appauvrissement intellectuel de l'Afrique. Comment voulons-nous que notre continent, le berceau de l'humanité, occupe une place de choix dans le concert des nations, s'il est vidé de sa matière grise, de sa main-d'œuvre ?

On a la mauvaise manie de croire que l'occident nous apportera les solutions à toutes nos inquiétudes. Lorsque ton enfant meurt de froid, tu n'attends pas que le voisin vienne lui mettre une couverture. Les états africains doivent mettre tout en œuvre pour rétablir la qualité de vie de leurs populations. C'est de cette manière, et seulement de cette manière, qu'il sera possible de mettre un terme à ce fléau qui fait saigner la terre de nos ancêtres.

À ceux qui ne croient plus en l'avenir, qui pensent que la vie n'est meilleure que de l'autre côté de la méditerranée, il est de votre devoir de garder espoir. Il vous faut travailler, d'une façon ou d'une autre, à créer les conditions dans lesquelles il vous sera possible de réaliser votre rêve, vos ambitions.

Les moments difficiles sont inévitables dans la vie d'une nation. Toutefois, on reconnaît la force des peuples dans leur capacité à mettre tout en œuvre pour remédier aux problèmes auxquels ils font face.

***

DU MÊME AUTEUR

L'ENFANT GÂTÉ DE LA RÉPUBLIQUE,
2023.

Manufactured by Amazon.ca
Bolton, ON

44541829R00066